오늘도 그리움을 꺼내 먹는다

무너지

그냥 주저리

거창하게 한 줄 적으려고 했는데 어떤 말을 해야 할지 떠오르지 않네요.
스스로를 받아들이고 있는 요즘, 이마저도 저답다고 생각해요.
그래도 꼭 한 마디 남기고 싶어 감사 인사를 해보려 합니다.

나의 그리움들에게 감사를.
앞으로도 그리움이 더 쌓이기를.
나도 당신들에게 그리움이 되기를 :)

2022.8.21
무너지

차례

II

물음표

사람은 다 비슷하다고 믿어왔다. 어쩌면 차라리 그렇게 믿는 게 살기 편했을지도 모른다. 하지만 너는 물음표. 도대체 무엇이 널 다르게 만들었는지 알지 못한다. 내가 밥을 먹는 동안에 넌 이슬을 먹고 살았을 리는 만무하고, 시간이 빠르게 간다는 꿈속에서 몇 배 더 살았을 리도 없다. 그저 너는 세상을 닮지 않았고 나는 닮아버린 탓일까. 혹은 내가 모르는 것이 많기 때문일까. 어쩌면 나도 너에게 물음표일까. 느낌표일까. 쉼표라면 좋겠다. 너를 닮아가며 세상과 멀어지고 싶다. 고마워 나의 물음표.

———————

하나의 예외가 되어 내 편견을 모조리 무너뜨린 사람이 있다. 첫 만남부터 물음표 덩어리였다. 사람은 다 비슷하다고 믿고 있었는데 순식간에 믿음이 깨져버렸다. 항상 주름잡고 살던 이마는 다림질되기 시작했다. 스트레스를 줄이지 않으면 계속 아플 거라던 머리는 말끔해졌다. 아마 평생 달고 살 두통이라 여겼는데….

어렸을 때부터 호기심이 많았다. 지금껏 마음속으로 가장 많이 해 온 말은 "왜?"일지도 모르겠다. 또, 워낙 예민해서 사소한 것들에 스트레스를 많이 받았고 두통은 일상이었다. 그냥 다들 이 정도 두통은 겪으며 산다고 생각했다. 여담이지만 관절도 약했고, 이 정도 관절통은 다들 겪는 줄 알았다.

여전히 나는 세상 것들에 물음표를 던진다. 다만 사람들에겐 물음표가 의미 없다고 여겼던 시절이 있었다. 결국 사람은 말 그대로 사람인지라 다들 비슷하다고 생각했다. 고통을 피하려는 과거의 본능은 상처를 피하려는 본능으로 진화했고 본능에 따라 행동하는 거라 여겼다. 그렇게 결론지었다. 오만이라는 걸 알고 있었지만, 그때까진 예외가 없었다.

운이 좋게도 오만한 내 이론을 반증해줄 물음표들을 만났다. 굳은 신념들은 이제 기억조차 나지 않는다. 그때에 비하면 한없이 말랑한 사람이 되었지만 만족하며 지내고 있다. 나는 내 물음표들처럼 단단해질 수 없다는 걸 안다. 그리고 태초부터 나는 말랑한 사람이었다. 나의 말랑함이 그들에게 쉼표라면 좋겠다.

고맙다는 말이 어려운 사람이라 이렇게라도 끄적여본다.

색청

나는 소리를 본다
너의 목소리는 안개 같은 하양

언젠가 안개 가득한 날, 산에 올랐다
낭떠러지 앞 전망대에 멍하니 서 있었다
회색빛 하양의 안개 이외에는 아무것도 보이지 않았다

아마 바로 앞에 있을 나무의 형체도
저 멀리 있을 바다의 일렁임도
코앞에 다가온 희망과 절망의 흐름도
안개 앞에서는 힘없이 사라질 뿐이었다

하양은 나를 집어삼켰다
일말의 두려움도 생기지 않았다

아무것도 보이지 않았지만
무엇이 있어도 이상하지 않을 것 같았다

너의 목소리는 그런 안개 같은 하양
듣고 있을 때면 나의 존재마저 잊게 만들지만
그마저 두렵지 않게 만드는 하양

글을 다시 쓰게 만들어준 사람이 있다. 잘살고 있는 걸까 싶을 때마다 떠올리는 사람. 그가 아니었다면 지금 키보드를 두드리는 나는 없었을 것이다. 나를 괴롭히는 존재들과 여전히 어울리며 스스로를 속이고 살고 있을지도 모른다.

최근, 색청이라는 현상에 대해 알게 되었다. 듣자마자 그의 목소리를 떠올렸다. 내가 색청을 앓게 된다면 분명 그의 목소리는 안개 같은 하양으로 보일 것 같았다.

저혈압으로 온 세상이 하양이 됐던 적이 있다. 눈을 뜨고 있음에도 코앞의 손도 보이지 않았다. 두려웠다. 이후 흰색은 무서운 것이라 여겼다.

그보다 이전에 바다 근처의 산에 오른 적이 있다. 유독 안개가 심한 날이었다. 전망대 도착하니 보이는 것은 하양의 바다. 아래를 내려다보아도 분명 존재하고 있을 풀조차 보이지 않았다. 그저 하양의 물결만 존재할 뿐이었다. 그렇게 한참을 하양에 압도당해 멍하니 눈을 뜨고 있었다. 눈을 뜨고 있었지만, 아무것도 보지 않았다. 정체불명의 안개는 눈으로 보는 것을 멈추는 법을 알려주었다.

그의 하양도 보이는 것 이상을 보는 방법을 알려주었다. 그의 검정이 그랬듯 그의 하양도 내 편견을 부수기엔 충분했다. 가끔 그날의 안개 바다가, 그의 안개 같은 하양이 그리운 요즘이다.

안녕, 나의 지진들

아무개들이 명하길 나는 뿌리 깊은 나무
거센 바람에도 두렵지 않은 것은 아마 그 까닭인가

나를 두렵게 하는 유일한 존재들
단어 자체로 모순적인
세상을 닮지 않은 나의 지진들

뿌리는 고사하고 땅조차 흔들린다
나는 고작 뿌리 깊은 나무
지진을 견딜 수 있을 리 만무하다

스러진다

이제 나는 나무이자 흙
점점 더 흙
당신과 가까워진다

안녕, 나의 지진들

흔들리는 삶을 동경한다. 나를 흔드는 존재들에 감사하다. 앞으로도 많이 흔들어주길. 당신들의 힘으로 쓰러져 점점 더 흙에, 점점 더 지진에 가까워지길. 나도 세상과 멀어지길.

안녕, 냐옹씨

드디어 당신 이름을 물을 용기가 났어요

당신 부드러운 몸
내 무릎 위에 둥글게 말아 끔뻑끔뻑 잠들려 할 때
난 아스팔트에 누워 잠들지도 못하는 나약한 인간인지라
세상 가장 차가운 침대 위에서
한없이 무거운 이불 덮고 잠들었어요

다음날 차디찬 새벽
당신이 자리에 돌아오지 않았을 때
내 마음, 당신 이름 물을 수 있을 만큼 충분히 아팠어요

당신을 보면 기쁘기보다 아파요
이름을 물을 때가 됐다는 신호겠지요
사랑이 멈출 수 있는 곳을 한참 넘어버렸다는 뜻이겠지요

안녕, 냐옹씨
다음에 만났을 때 이름을 물을게요
차가운 새벽을 조금만 더 견디고 있어줘요

---

to. 사랑하는 익명의 냐옹씨에게

우리, 다시는 만나지 말자

하루 절반을 차지했던 너의 목소리
지독한 우울에서 꺼내주었던 네 이야기

세상은 참 오묘하다
꿈이 많던 당신은 멀리 떠나버리고
당신 덕에 나는 꿈을 꾸고
지독한 악몽에서 벗어났다

그때가 아니었더라도 언젠가 너와 난 만났을 거야
다시 만날 날을 꿈꾸며 안녕히

그 몇 마디에 얼마나 더 울어야 눈물이 멈출까
안녕, 나의 눈물샘
내 꿈을 다시 가져가도 좋아
그러니 우리, 다시는 만나지 말자

보고 싶다
보고 싶다
보고 싶다

지독한 악몽에 매일 밤이 무서웠던 그때, 그를 만났다. 정확히는 그의 목소리를 만났다. 슬프게도 시작은 기억나지 않지만, 그는 어느새

내 일부가 되어 있었다. 하루 7시간을 넘게 그의 목소리를 들으며 보냈다. 자는 시간보다 그와 함께 있는 시간이 많았다.

따뜻하던 그의 목소리는 "다시 살아"라고 이야기하는 것 같았다. 세상은 참 오묘하다. 내가 그의 존재를 알게 된 것도 내게 살아갈 힘을 준 것도 그의 죽음 이후였다. 따뜻한 목소리를 들을 때면 곁에 있는 것만 같았는데 이미 멀리 떠났단다. 믿을 수 없었다. 이런 따뜻함을 가진 사람이 날카롭고 차가운 것들에 쓸리고 베이며 생기를 잃어갔다니.

그의 영상에 누군가 남긴 글이 있다.

"안녕. 수고했어. 고생했어. 우리 다시는 만나지 말자 …. 다시는 절대로 만나지 말아요, 우리 안녕. 보고 싶어요."

과연 사무치게 보고 싶은 사람에게 다시는 만나지 말자고 이야기할 수 있을까. 그에게 많은 걸 배웠다. 죽음조차 인연을 막지는 못한다. 오늘도 나는 그를 만난다.

버려진 캣타워

캣타워가 버려져 있다면
썩 좋은 뜻은 아닐 거야

버려진 캣타워를 바라보는 일을
썩 쉬운 일은 아닐 거야

내 마음속 버려진 캣타워 하나
버려진 꿈 덩어리들 여럿

조용히 마음을 보는 일이 어려운 건
아마 그런 이유일 거야

집에 오는 길, 버려진 캣타워가 눈에 띄었다. 부품 하나하나 꼼꼼히 분해되어 깔끔하게 버려진 캣타워. 보고 있자니 괜히 쓸데없는 시나리오가 그려진다. 이내 마음이 무거워진다. 좋은 상상으로 덮으려고 애써본다.

'더 좋은 캣타워를 선물하고 헌것을 버렸겠지.'

다시 캣타워를 바라본다. 깔끔하게 분해된 모습에서 왠지 모를 쓸쓸함이 느껴진다. 억지로 괜찮은 척할 때의 감정이 느껴진다.

문득 내 마음에 버려진 캣타워가 생각났다.

길을 가다 발견한 버려진 고양이. 도저히 지나칠 수 없었지만 데려와 키울 수도 없었다. 예방접종 해 줄 돈은커녕 내 병원비도 없었다. 해 줄 수 있는 건 누가 데려갈 때까지 지켜보는 것뿐이었다. 한 시간마다 잘 있는지 확인했다. 물도 놓아주고 사료도 놓아줬다. 고양이는 그저 울기만 했다. 다행이라고 해야 할까, 다음날 고양이는 사라진 상태였다. 마음에 캣타워 하나도 버려졌다.

또 버려진 것들은 없을까 마음을 들여다본다.

어렸을 때 학교 앞에서 데려왔던 메추리 한 마리. 생명을 책임지기엔 어렸고 부족했다. 밥을 줘도 먹지 않던 메추리는 이틀 만에 세상을 떠났다. 마음에 아주 작은 상자가 버려졌다.

유기견 봉사를 다니던 때가 있었다. 천사 같은 강아지를 만나 이내 꿈을 품었다. 대형견이니 키울 수 있는 형편이 된다면 꼭 데려가기로 마음먹었다. 마음에는 이미 하네스와 목줄 한 세트가 준비되어 있었다. 역시나 시간은 기다려주지 않았고 하네스와 목줄은 버려졌다.

더 구석진 곳을 바라본다. 버려진 게 참 많다. 아쉽게도 놓아버렸던 꿈 덩어리들. 열정의 잔해들. 마음이 무거운 건 이런 이유인가 보다.

사랑하지 않을 이유

다시 고민이 많아진 요즘
너의 목소리를 듣는 시간이 늘어났어

왜 너를 사랑하게 됐을까
무엇이 그리도 특별했을까

신날 때조차 정제된 너의 목소리
편견 없는 너의 맑은 이야기
어둠 가득한 깊은 바다 같은 너의 우울

아아, 사랑하지 않을 이유가 없었구나

힘들 때마다 찾게 되는 목소리가 있다. 밥도 매일 챙겨 먹지 못하는데 당신 생각은 하루도 거르지 않았다. 다시 그의 이야기를 들으며 왜 사랑하게 됐을까 한참을 고민했다. 결론은 아주 단순했다. 사랑하지 않을 이유가 하나도 없었다. 세상의 것들은 생각보다 단순할 때가 있다. 모든 게 거창하고 복잡해야 하는 것은 아니다. 사랑은 더욱이.

공허와 공복

악착같이 살다 보면
이내 공허와 사랑에 빠진다

살기 위해 악착같이 먹다 보면
이내 공복을 사랑하게 되는 것과 마찬가지

태초에 빈 채로 태어난 존재가
사랑받으며 살 수 있는 기이한 세상의 원리

공허하고 기이한 것들이 사랑스러운 이유

세상은 참 기이하다. 채우면 비우고 싶고, 비우면 채우고 싶다. 사랑할 분자조차 없는 공허임에도 사랑스럽다. 세상의 기이함이 참 좋다. 어떤 사람들은 채울수록 더 채우고 싶어진다던데, 기이한 건 내 세상일지도 모르겠다. 아무렴 어떤가.

너와 있자면 세상은 나를 벗어난다

너와 있자면 기분이 팍 상해버린 오늘의 일도
항상 아픈 관절 걱정도
허기짐과 배부름도
아무런 상관없어진다

세상이 나와 멀어진다
이내 세상은 나를 벗어난다

태초에 여기서 태어난 듯
결국 돌아와야 할 장소였던 듯
너와의 세상에서 평온하다

고요함에 몸을 맡긴다
너와 가까워진다
이내 우리의 세상이 겹쳐진다

나처럼 예민한 사람에게 평온함은 쉽게 찾아오지 않는다. 아주 작은
사건에도 마음은 속절없이 흔들린다. 제자리를 찾나 싶으면 기억 되
새김질. 다시 흔들린다.
하지만 함께 있자면 평온함을 선물해주는 사람이 있다. 분명 태초에
나는 혼자였고 결국 혼자로 돌아가야 함에도 너의 곁이 내 세상인 것
같다.

나쁜 기억의 되새김질은 어느새 멈춰있고 허기 따위 아무렇지 않다. 과식이 습관인지라 먹고 후회하던 악순환도 멈춘다.

내가 알던 세상에서 벗어나기 시작한다. 마음이 고요해진다. 아무것도 상관없어진다. 마냥 누워있어도 괜찮다. 이런 평온은 쉽게 찾아오지 않으니까 그저 온 마음을 다해 느끼면 된다. 당장 조금 게을러져도 상관없다. 우리는 부지런하기 위해 사는 건 아니니까.

하지만 혼자의 시간은 찾아오는 법. 홀로 있자 흔들리는 마음이 문을 두드린다. 다만, 평온함을 아는 이의 흔들림은 다르다. 결국 평온이 찾아온다는 사실을 아는 사람은 기꺼이 흔들린다. 기꺼이 무너지고 바스러진다. 흔들리는 자신의 흔적을 기록한다. 상처도, 흉터도 고요함의 세상에선 그저 하나의 이야깃거리일 뿐이다. 더 많은 이야기를 나누기 위해 파도에 몸을 맡긴다.

세상에 새로운 바다는 없다

바다는 항상 있다
그저 있다
제 자리에
제 모습으로

어디서 바라봐도 익숙한 모습
세상에 새로운 바다는 없다

그대여
어째서 바다를 그리워하나

눈을 감아도 바다는 그대로인 것을
새로움을 좇는 당신께
바다는 모래 한 줌도 줄 수 없음을 그대는 알고 있을 터

어차피 세상은 바다를 닮아있다
뭍 사람이지만,
바다는 내 머릿속 아무개의 고향

익숙함은 곧 소중함
세상 모든 것들은 익숙해지기 마련이니
가장 익숙한 것을 사랑하리
변하지 않는 그대를 사랑하리

바다가 보고 싶어 홀로 여행을 떠났다. 온종일 하는 일 없이 바다만 보고 있자니 바다는 참 비슷하구나 싶었다. 다른 바다를 보면 나아질까, 자리를 옮겨본다. 바다는 여전하다. 변화는 내 표정뿐이었다. 그렇게 좋아하던 바다도 결국 지겨워지는구나. 한동안 바다 생각을 잊고 지냈다.

얼마 지나지 않아 문득 바다가 그리워졌다. 다시 바다 생각이 들었다. 뻔한 파도를 보고 싶었고, 익숙했던 짠 냄새가 그리웠다. 일상의 흐름에 몸을 맡기다 보니 바다에 갈 일이 생겼다. 역시나 바다는 그대로였지만 익숙했던 파도 소리가 아름답게 들렸다. 인간들의 소음을 집어삼키는 시끄러운 파도 소리가 소중해졌다. 변하지 않은 모습에 고마웠다.

어차피 바다가 아니더라도 세상 것들은 익숙해지기 마련이다. 매번 새로운 존재는 없다. 어쩌면 가장 사랑하는 것은 가장 익숙한 존재가 아닐까. 익숙함은 소중함이 되고 그 자리에 있다는 사실조차 사랑스러워진다. 바다는 내 마음의 고향이다. 바다는 익숙하고 사랑스러운 장소다.

최근 신기한 경험을 했다. 물 밖에서는 1분도 숨을 참기 힘들었는데 물에 들어가자 2분 넘게 숨을 참아도 호흡 충동이 오지 않았다. 온몸이 편안해지는 느낌이었다. 물에서는 조금 불편하게 살고 있었던 것일까. 바다가 보고 싶은 요즘이다.

컴퓨터과 거북목 게으름속 인간

하루 종일 엉덩이님과 손가락 운동
저려오는 엉덩이님
구부러지는 목
신세 한탄씨와 함께하는 맥주 한 잔

배부른 돼지와 배고픈 소크라테스?

나는 배부르고 적당히 취한 거북이
전형적인 컴퓨터과 거북목 게으름속 인간

―――――――

의자에 앉아 엉덩이님과 쓸모없는 일을 하며 하루를 보냈다. 엉덩이는 저렸고 재능이 없음에 지쳐 맥주 한 잔 마셨다. 작고 귀엽기 그지없는 내 주량 덕분에 적당히 취했다. 나는 어떤 인간일까 고민하길 잠시. 전형적인 컴퓨터과 거북목 게으름속 인간이구나. 조금 슬퍼졌다. 재능이 없는 일을 열심히 하는 일은 우리를 항상 슬프게 만든다. 하지만 나는 믿는다. 쓸모없는 일을 열심히 하다 보면 쓸모 있는 사람이 될 거라는 사실을.
한참이 지난 요즘. 쓸모없는 일조차 열심히 하지 않는 인간이 되었다. 지금의 나는 무엇일까. 쓸모없는 일을 게을리하자 쓸모없는 인간이 되어버린 것일까. 의문투성이인 요즘이다.
세상을 닮지 않은 존재들을 사랑하면서도 나는 세상과 가까워지고 있다는 생각이 든다. 결국 거북목을 가진 사람들과 똑같은 사람이 될 것만 같다. 두렵다. 나는 배고픈 소크라테스가 될 수 있을까?
배는 적당히 부르면 좋겠다.

나팔이고 싶어라

베란다 작은 화단 위, 보랏빛 나팔
식물을 보듬기엔 귀찮음이 특징인 인간이라
다시 나팔을 떠올릴 때면
출근길 인간들처럼 메마른 얼굴

마른 나팔에 물을 주시던 어머니

잊고 지내길 한세월
다시 나팔을 떠올릴 때면
생기 가득한 보랏빛 가득

나팔은 죽지 않는구나
당장이라도 바스러질 만큼 메말라버릴지라도
물 한 움큼의 꿈을 가지고
마지막 뿌리 하나까지 포기하지 않는 나팔이고 싶어라

———————

어렸을 때의 이야기. 메마른 나팔 얼굴을 보고 죽었다고 생각했다.
그럴 때면 어머니는 물을 주면 살아난다며 비를 내려주셨다. 문득 떠
올라 화단을 보면 피어있던 나팔. 그 생명력을 분명히 기억한다. 정
확히 '살아난다'라고 하시던 어머니의 말을 기억한다.
그때부터 식물은 죽지 않는구나 싶었다. 죽어도 물 한 방울이면 살아
난다고 믿었다. 하지만 나는 식물과 친하지 않았고 다육이 조차 죽였

다. 모든 식물이 죽지 않는 건 아니구나 싶었다.

우리네의 인생도 비슷하지 않을까 싶다. 바스러질 만큼 말라버린 일상이라도 물 한 방울 희망을 품고 살아야 한다. 마지막 한 가닥의 뿌리라도 포기하지 않는다면 시원한 비가 찾아올지도 모른다. 다육이가 희망이 없었다는 것은 아니지만, 희망을 버리면 언젠가 내릴 비는 바스러진 우리에게 아무 의미가 없을지도 모른다.

뜬금없지만 나는 희망적인 이야기를 별로 좋아하지 않는다. 정확히는 근거 없는 희망 이야기. 실제로 딱히 희망을 품고 살아가지도 않는다. 희망적인 미래를 바라보며 나아가기보다 어두운 앞날을 상상하며 근성을 다지는 편이다. 결국 쓸모없는 참을성만 늘어간다.

다만 아주 작은 희망을 품고 있다면 절대 바스러지지 않을 거라고 믿는다. 나는 한없이 나약한 식물일지도 모른다. 조금이라도 날씨가 변덕을 부리는 날에는 시들어버리고 비가 지각하는 날에는 말라버리는 식물. 하지만 가장 기다란 뿌리 하나는 희망을 가지고 있다. 가뭄이 반복돼도 결국 비는 내릴 거라 믿는다. 아무리 희망이 없는 사람이라도 물 움큼의 희망은 지니고 살아가야 하지 않을까. 최악의 순간에 최악의 인간으로 바뀌지 않기 위해서라도.

그런 사람을 많이 겪어왔다. 최악의 순간에 희망의 끈을 놓고 결국 최악의 인간이 되기로 한 사람들. 남들의 최악을 보기 위해 애쓰는 사람들. 내가 먹지 못할 물이라면 남들도 못 먹어야 한다고 생각하는 사람들. 나는 그런 잡초가 되고 싶지 않다. 결국 메말라버린 땅에서조차 나팔이고 싶어라.

흰자, 검은자

나를 꿰뚫어 보는 너의 눈
두려웠다

평생을 숨겨온 내 모습이 들통날까 봐
내가 나의 거짓을 알게 될까 봐
네가 보지 못한 것까지 털어놓을까 봐

너의 시선에는 벗어날 수 없는 힘이 있다
그 아래, 어떤 거짓도 가식도 통하지 않을 것 같았다
벌거벗은 기분이었다

나도 너를 바라본다
더 이상 날카롭지 않은 시선

우린 모두 벌거숭이로 태어난다
감정에도 표정에도 솔직한 채로

너의 시선 아래, 마치 태초의 기억이 남아있는 듯
편안하고 따뜻하다

아무것도 속이지 않아도 되는
너의 시선 속에 숨어있고 싶다

나는 그리움으로 먹고산다. 말 그대로 힘들 때면 그리움을 꺼내 먹는다. 오늘은 처음으로 시선이 그리웠다. 그 속에 숨고 싶다는 생각이 들었다.

많은 사람이 그렇듯 평생 스스로를 속이며 살아왔다. 하지만 네가 나를 바라보면 속절없이 솔직해지곤 했다. 내가 처음으로 만난 속일 수 없는 사람이었다. 처음에는 스치면 베일 듯 날카로운 시선이라 생각했다. 피하려고 해봤지만, 우리가 땅에 묶여있듯 벗어날 수 없었고 그저 같이 바라보아야 했다.

한참을 바라보자 마법처럼 괜찮아졌다. 베일 걱정은 사라졌고 무방비 상태가 편안해졌다. 앞으로도 가끔 그 시선 속에 숨고 싶을 때가 있을 것 같다. 안타깝게도 그 시선 밖에서는 여전히 나를 속이며 살아갈 테니까.

세상 모든 것들은 닳아간다

익숙함의 시작점을 안다면
소중함을 잃어버리지 않을 수 있을까

세상 모든 것들이 닳아갈 때
너는 여전하면 안 될까

세상과 닮지 않았다는 것은
아쉽게도 그런 의미는 아니겠지

문득 생긴 호기심에 다이아 원석을 찾아봤어
부서진 유리 조각 같더라

아아
세상 모든 것들이 닳아가는 이유가 있구나

함께 지나가는 시간을 바라보는 일은,
너의 뒷면까지 알아가는 것은,
닳아가며 드러나는 과정이구나

커다란 원석 같은 사람아
닳아 닳아 손톱보다 작아질 때
빛나는 반지로 곁에 있을 수 있길

거의 매일 떠올리는 사람들이 있다. 가끔은 이러다 익숙해져 버리는 것은 아닐까 두려움에 빠지곤 한다. 그들을 만났을 때의 나는 스스로를 잘 안다고 생각했고 세상일을 퍽이나 많이 경험해봤다고 오만했다. 사람들이 오만한 나를 보는 동안 그는 아직 닳지도 못한 내 안을 바라보았다. 기이한 일이다.

그가 쓴 글이 내 마음 깊이 박혀버렸다. 덕분에 도저히 내 글에 만족할 수 없는 인간이 되어버렸다. 그런 글을 쓰고 싶어서 열심히 끄적였다. 꽤 시간이 지난 요즘, 그런 글은 쓸 수 없다는 사실을 깨달았다.

인간은 원석. 세상의 이치에 따라 닳아간다. 누군가에겐 가공의 과정, 누군가에겐 그저 자신을 잃어버리는 시간. 세상 모든 것들이 닳아가는 이유가 있다. 하지만 모두가 반짝이는 돌이 되지는 못하겠지. 닳고 닳아 작아져 버렸을 때의 모습을 바라보아준 사람. 잊히지 않는 것에는 그런 이유도 있나 보다.

익숙함 이후에는 편안함이 찾아온다. 매일 떠올리는 소중함은 일상이 되어버렸다. 그제야 일상을 사랑할 수 있게 됐다.

僕は君に恋をする(나는 너를 사랑할 거야)

사랑이 뭔지 하나도 모르겠어
하지만 난 널 사랑할 거야

누군가 사랑이 뭔지 물어보면
이 마음을 툭 던져 놓을게

사전에도 이 마음 하나 새겨놓지 뭐

나는 노래를 들을 때 가사를 잘 듣지 못한다. 그렇기 때문일까, 가사를 알아듣지 못하는 노래를 듣고 눈물을 흘릴 수 있었다. 분명 언어가 없었더라도 우리는 울고 웃을 수 있었을 것이다.

가사가 마치 자신의 이야기인 양 차오르는 슬픔이 느껴지는 그의 목소리. 가사를 보며 노래를 들어도 여전히 좋다. 어떤 영화의 OST라고 하던데 아직 그 영화를 보지 못했다. 정확히는 보지 않았다. 이 노래에 담긴 그의 분위기가 좋았다. 그의 목소리로 불러주는 노래가 좋았다. 내겐 그의 가사였고 그의 노래였다. 영화를 보는 순간 세계관이 섞여버리겠다는 두려움이 생겼다. 그가 좋아했던 것을 나도 보고 싶지만, 아직은 그의 노래로 기억하고 싶다.

감정에 꼭 이름을 붙여야 하는 건 아니다. 다만, 굳이 이름을 붙이자면 사랑이 아닐까. 말로 설명할 순 없으니 마음을 던져놓는다. 이 애매모호하고 말랑말랑한 감정을 보여줄 수 있다면 다들 비슷한 모양을 하고 있으려나.

시끄러운 정적

가끔 정적이 소음보다 시끄러울 때가 있어
귀를 막아도, 어떤 소리로도 가려지지 않는 정적 말이야

세상이 시끄러운 탓이라며
이어폰 소리를 키워봤지만 아무 의미 없더라

그래 요즘 난 이런 세상에 살아
아주 작고 시끄러운 곳

책에서 '정적이 소음보다 더 컸다'라는 문장을 마주했다. 다행이었
다. 나만 그런 게 아니었구나.
요즘 머릿속이 시끄럽다. 게다가 마음은 죽어버린 게 틀림없다. 어떤
노래를 들어도 움직이지 않는다. 노래가 시끄러운가 싶어 노래를 꺼
본다. 여전히 시끄럽다. 세상이 시끄러운가 싶어 이불을 뒤집어써 본
다. 역시 시끄럽다. 뭐, 어쩌겠나. 머릿속 아무개가 조용해질 때까지
기다려야지.

백지 인간

내게 하던 거짓이 들통났어
이미 너무 엉켜버렸더라
이제야 깨닫는 건 슬픈 일이야

다시 살아야 한대
처음부터 다시 쌓아 올려야 한대

모래에 쓴 글씨는 파도 한 번에 사라져버린대
참 슬픈 일이야
내 글씨도 다 날아가 버렸거든

안녕, 난 다시 백지 인간

지금껏 잘못 살아왔다는 것을 깨닫는 건 힘든 일이다. 항상 나름의
가치관을 지키며 잘 살고 있다고 자신을 속여왔다. 안타깝게도 거짓
으로 해결되는 건 없다. 거짓은 또 다른 거짓을 낳을 뿐. 일상 속 다
른 거짓들이 늘어났다. 그조차 다 성장하는 과정이라고 속여왔다. 사
실은 다 허상이었다. 발전은 없고 쓸모없는 상처만 늘어갈 뿐이었다.
이제, 인정할 때가 왔다. 그래, 지금껏 잘 못 살았다. 소중한 시간을
날려버렸다. 남은 건 풀 수 없는 거짓의 실타래, 그리고 크고 작은 상
처들. 몸에서 거짓을 닦아낸다. 이제 난 백지 인간.
헤밍웨이가 초고는 쓰레기라고 했다던데, 내 인생의 초고도 마찬가

지. 고치면 나아질까, 고칠 수는 있는 걸까. 고칠 글이라도 한 줄 남아있을까. 결국 또 파도에 흔적도 없이 사라져버리는 건 아닐까.

그래, 애매한 흔적이 남은 것보단 낫다. 다시 써보자. 결국 우리는 책 한 권짜리 인생 아니겠나.

잠이 오지 않는 날

여전히 잠이 오지 않는 날
재생목록에 가득한 당신

숱하게 잠을 설치던 날들을
함께했기 때문일까

아무리 소리를 키워봐도
시끄럽지 않은 당신 목소리

오늘도 잠이 오지 않는 날
여전한 당신 목소리

오늘도
내일도
쉬러 올게요

밤에 함께 할 수 있는 목소리가 있다는 건 행운이다. 익숙한 밤이지만 가끔은 무섭기도, 너무 고요하기도 하니까. 잠에 들지 못하던 날들, 내 재생목록에는 당신밖에 없었다. 잠이 오지 않는 날의 습관이 됐다. 습관 하나가 끈질긴 악습을 아무렇지 않게 무너뜨렸다. 당신을 조금이라도 더 이해하고 싶어 새로운 활동을 시작했다. 그곳에서 하양과 검정을 만났고 두 번째 인생이 시작됐다.

물론 여전히 나는 위선적이고 겁쟁이에 게으르다. 사람의 본질은 변하지 않는다. 다만 다른 일상을 살 기회는 언제든 주어진다. 용기가 없어도 괜찮다. 때론 이런 우연이 찾아와 두려움 따위는 안중에도 없게 만들어 주니까.

나는 '용기를 내라, 자존감을 높여라' 따위의 말이 진리라 믿지 않는다. 자신을 너무 사랑해서 생기는 문제도 많다. 겁을 먹어야만 보이는 것도 존재하는 법이다. 물론 용기 있는 삶이, 자신을 사랑하는 것이 잘 못 되었다는 것은 아니다.

다만, 나는 모든 것을 잃었었다. 밑바닥을 넘어 끈적한 저기 어딘가에 빠져있었고 나를 사랑하기는커녕 사랑하는 존재조차 제대로 사랑하지 못했다. 당장 오늘 밤조차 두려웠다. 모든 걸 잃고 나 자신의 거짓 껍데기조차 유지할 수 없을 때 비로소 나를 발견했다. 그제야 마음에 닿는다는 느낌이 무엇인지 알게 되었다. 평생 잊을 수 없는 사람을, 목소리를 만났다. 나라는 사람은 살아남기 위해 어떤 몸부림을 치는지 알게 되었다.

다 잃어버렸을 때, 모든 걸 부정하지만 않으면 괜찮다. 한 톨 남은 힘을 쥐어짜 애써 부정하지 않으면 된다. 그저 마음이 움직이는 걸 관찰해보자. 어쩌면 그때야말로 기회를 잡을 수 있는 순간이니까.

츄르보다 사랑해

네가 준 츄르가 맛없다는 건 아니야
먹는 동안에는 네 손길도 잊어버렸지 뭐야

하지만 널 츄르보다 사랑해

난 고양이를 좋아한다. 길고양이들의 밥 달라는 눈빛에 츄르를 들고
다녀야겠다고 생각한 지 4년만에 츄르를 샀다. 고양이처럼 참 게으
르기 그지없는 사람이다. 그마저도 츄르가 길고양이에게 안 좋을 수
있다는 말을 들은 후로 그만뒀지만, 뭐 어쨌든 츄르부는 나그네(?)로
잠깐 살았다.

고향에는 사랑하는 길고양이가 있다. 그 고양이에게 사랑을 배웠고
묘한 동질감을 느꼈다. 만져주면 한참을 좋다고 들이대지만, 고양이
는 결국 혼자여야 함을 아는 듯 한 발 떨어져 그루밍을 한다. 나랑 참
닮았다고 느꼈다. 그래서 더 사랑스러웠고 마음이 쓰렸다.

냐옹이를 알게 된 지 2년, 드디어 츄르를 챙겨가 먹여주었다. 내가
마라탕을 알게 됐을 때만큼 게걸스럽게 먹어치웠다. 내 게으름이 후
회됐다. 더 없냐고 귀여운 떼를 쓴다. 이내 내게 자신의 향기를 묻힌
다. 손길을 느낀다. 세상 모든 걸 잊은 듯 먹던 츄르보다 내 손길이
좋니.

단어와 표현들에 대해 생각하며 사는 요즘이다. 문득, 고양이에게 최
고의 애정 표현은 무엇일까 고민하길 잠시. 냐옹씨를 보고 깨달았다.
'츄르보다 사랑해'

내가 해줄 수 있는 최고의 애정 표현.

'어떤 고양이보다 사랑해'

나의 게으름을 이렇게 꾸짖어준 냐옹씨에게 감사를. 안타깝게도 몸은 멀리 있지만 마음은 영원히 함께하겠다는 약속을 해본다.

내 표정으로 살고 싶어라

꽤 우울한 날
이유 없는 우울, 근본 없는 불안, 지겨운 후회

웃음이 습관이 되어버린 아이는
스스로의 웃음을 구별할 수 있을까
습관은 낫지 않는 감기

아, 내 표정으로 살고 싶어라

웃지 않아도 나를 미워하지 않던 사람아
오늘따라 그립다

온전히 내 표정으로 만날 수 있었던 사람아
볼품없는 이 표정을 보아주오
아무렇지 않은 듯 함께 우울을 이야기하자

———————

흐린 날씨 때문일까. 잔잔했던 우울이 요동치기 시작했다.
사람을 무서워하던 아이는 웃는 게 습관이 되어버렸다. 마치 웃으면
행복해지기라도 하듯 사람을 만날 때면 항상 웃었다. 인사할 땐 보이
지 않더라도 미소를 지었다. 습관은 낫지 않는 감기. 애매하게 아파
애매하게 괴롭다. 애매함은 끈질긴 고질병. 비 오는 날에 관절이 아
픈 것처럼 우울한 날에는 최악인 습관. 어른이 된 아이는 웃으며 더

깊은 우울에 빠져간다. 내 표정으로 살아온 날이 있을까? 온전히 내 표정으로 만날 수 있는 사람은? 잘 모르겠다.

다만 세상에 죽으라는 법은 없다고 했나. 내 표정으로 만날 수 있는 사람이 있다. 굳이 웃음이 필요 없던 사람. 다른 종류의 행복을 가르쳐준 사람. 그리운 사람. 다시 만나 웃음 없이 우울을 이야기할 날을 기다린다.

평생 내 표정으로 살아갈 수 없을지 모르지만 아주 가끔, 정말 가끔, 일생에 두세 번이라도 온전히 내 표정으로 지내는 시간이 있다면 오묘한 이 세상, 버텨볼 만할지도 모르겠다. 이조차 오만인가.

내 마음을 뭉클거리게 하는 사람들아

내 마음을 뭉클거리게 하는 사람들아
고맙다는 말로는 부족한 사람들아
덕분에 마음에 눈물이 쌓인다

가끔 마음에 가뭄이 들었을 때,
가뭄을 겪은 아무개가 마음에 짐을 두고 도망쳐
홀로 옮겨낼 수 없을 때,
눈물샘에 가득 쌓인 눈물을 흘려보내곤 한다

물속에서는 모든 게 가벼워지기 마련이니까
작은 틈새에 물 한 방울이면 풀이 자라기 마련이니까

내 마음을 뭉클거리게 하는 사람들아
하나하나 내 눈물샘의 이름이 된 사람들아

부디 당신들의 눈물샘에 한 방울의 물이라도 채워주었기를

고맙고 미안하다는 말은 여전히 어렵고 무겁다. 하지만 이제는 무거
워서 좋다. 습관이 되지 않을 수 있으니까. 아무 때나 슬며시 흘러나
오지 않을 테니까.
내 마음의 눈물샘을 채워주는 사람들이 있다. 존재 자체만으로 뭉클
한 이들. 그들은 그저 한 발 떨어져 나를 바라봐준다. 시선을 무서워

하는 내게 전혀 두렵지 않은 시선을 보낸다. 가끔 마음에 가뭄이 들어 감정의 싹들이 말라가기 시작할 때 그들이 채워준 눈물을 흘려보낸다. 그리움을 꺼내먹는다. 이미 감정의 싹이 죽어버린 누군가가 한없이 무거운 감정의 사체를 두고 도망칠 때, 눈물을 흘려보낸다.

이내 마음은 물로 가득 채워지고, 즐비한 사체들은 가볍게 떠오른다. 물이 흐르고 간 자리에 싹이 날개를 활짝 핀다.

내 눈물샘에 그들의 이름을 적는다. 때론 지워야 하는 이름도 있다. 나는 그저 눈물샘의 이름이 길어지길 바랄 뿐. 그리고 나도 당신들 눈물샘의 이름이 되길 바랄 뿐.

아무 틈도 없어 보이는 곳에도 피어나는 식물의 힘을 믿는다. 당신의 감정이 다 말라버렸다고 느껴질 때, 물이 단 한 방울밖에 없을 때조차 포기하지 마라. 한 방울로 충분하다. 마음을 뭉클거리게 하는 사람 하나면 충분하다.

고마워

미안,
내 마음 절반은 이미 죽어버렸는지도 몰라

고마움과 미안함은 참도 친하다. 그러지 않아도 되는데.

비

수백, 수천, 아니 무수한 비

저마다 떨어지는 이유는 있을지라도
어느 하나 감정은 없어라

두어 시간, 가만히 빗소리를 듣고 있자니 감정들이 빗방울로 스며들었다. 아마 빗방울 어느 하나도 감정이 없기 때문이 아닐까.
감정이 널브러져 서 있을 힘조차 없을 때 빗소리를 듣는다. 냉기가 온기를 향해 움직이듯, 비워진 것은 채워진다. 빗방울에 스며든 감정은 이내 구름이 된다. 하늘이 푸르고 흐린 것은 아마 당신네들의 감정 때문일지도 모르겠다.

검정 머리

잘 어울린다던 탈색모
다시 검정 머리로 돌아가야겠어

검정 사이의 노랑은 너무 눈에 띄거든
다들 나를 머리색으로 기억하거든

검정으로 물들이면
당분간 탈색은 어려울 거래
하더라도 얼룩덜룩일 거라네

우리는 이렇게 색을 잃어버리나 봐
마음이 약한 우리는 시간과 함께 검정에 가까워지나 봐

우리에겐 검정과 하양밖에 없는 걸까
나는 노랑으로 빛나고 싶은데

세상의 눈길이 우리를 비껴가기 시작할 때
아쉬움에 하양으로 빛날 수밖에 없는 걸까

자신을 잃어가는 과정은 어떤 모습일까?
아마 탈색모를 검정으로 물들이고 결국 시간과 함께 흰머리가 되어
가는 과정이 아닐까. 빛날 수 있는 것은 세월이 너무 지나버린 뒤. 그

빛마저 너무 흔한 것이 되었을 때일까.

오랜 시간 검정을 무서워했다. 세상에는 검정이 즐비했고 뼈가 시리도록 차가웠다.

하지만 언젠가 검정도 다 같은 검정이 아니라는 것을 알려준 사람이 있다. 따뜻한 검정을 몸소 보여준 사람. 세상과 닮지 않은 사람. 자신을 불태운 따뜻함으로 안아주었다.

이전의 나는 노랑이었지만 차가웠다. 불의 기운은 보이지 않았다. 사실, 차가워지고 싶어서 노랑이 됐다. 그렇게 차가운 노랑인 척 지내길 잠시. 따뜻한 검정이 인사를 건넸다. 작은 재 하나가 큰 산을 불태우기도 하듯 그 따스함은 나를 태우기에 충분했다. 옮겨붙은 불길. 나는 더 이상 차가울 필요가 없었다. 뜨거웠지만 타고 있는 내 모습이 좋았다.

편견을 부수는 데에는 단 하나의 예외면 충분하다. 더 이상 검정이 무섭지 않다. 세상에 즐비한 검정을 볼 때면 혹시 저 검정도 따뜻한 검정일까, 호기심 가득한 눈빛으로 바라본다. 검정은 차갑다며 피해다니던 차가운 척하는 노랑은 사라졌다.

종종 내 색이 너무 어두운 것 같더라도, 남들과 다를 바 없어 보여도 걱정할 필요 없다. 눈에 보이는 것은 딱 거기까지일 뿐이다. 진정 우리 마음에 닿을 수 있는 것은 그 너머의 것이다.

이제 나도 흔하디흔한 검정이지만 색 너머의 것들의 힘을 믿는다. 따뜻한 검정이 내게 보여주었던 희망을 품고 살아가고 있다.

색 너머의 모습을 궁금해하는 사람이 많아지면 좋겠다. 검정을 사랑하게 해준 또 다른 검정에게 감사를.

잘 지내?

문득 궁금해지는 너의 요즘

익숙함은 스며드는 것
몸속 모든 곳에 스며들어
나의 조각 모두에 네가 있는 것

나를 볼수록 네가 보여
눈을 감으면 더욱

잘 지내는 내 모습을 보며
그냥 지내고 있다는 너는
곧 '잘'의 상태로 들어갈 거라 했지

사실은 나도 그냥 지내
나도 곧 '잘'의 상태로 갈게
거기서 만나

말은 너에게 닿는 순간 무거워져
잘 지내?
한마디도 쉽게 건넬 수 없네

그래, 다른 말로 번역해보자
달이 참 밝다는 이야기처럼 말이야

열등감에 허덕이는 요즘이다. 끊임없이 이어지는 나쁜 일들이 나를 잡아먹는다. 힘들 때마다 너를 떠올린다. 너라면 어떻게 했을까. 답이 돌아오지 않을 질문을 스스로 던져본다. 답이 아니라 질문이 목적이니까 아무렴 상관없다. 요동치던 마음이 한결 가라앉는다. 놓지 못하고 있던 것들을 놓아줄 용기가 생길 것 같다.

한동안 잊고 지내던 봉사를 다녀왔다. 합판 몇 개를 나르고 보니 손에는 가시가 박혔고 힘껏 잡고 있던 손바닥은 다 베여있었다. 다행이라는 생각이 들었다. 손에 박힌 가시는 잘 보였고 상처도 마주하니 무섭지 않았다. 상처보다 행복이 훨씬 큰 순간이었다.

마음도 비슷한 상태에 놓여있다. 날카로운 존재들을 꽉 잡고 놓지 못한 탓이다. 마음에 박힌 가시는 눈에 띄지 않아 마주할 수 없다. 평생 눈으로 세상을 봐 온 우리들은 보이지 않는 날카로움에 대처하는 방법을 배우지 못했다. 때론 마음의 상처를 착각하거나 과장하기도 한다. 아마 앞으로도 이런 반복일지도 모른다.

이럴 때 너를 떠올린다. 잘 지내냐는 질문조차 무거워 마음 밖으로 나오지 못한다. 작가 나쓰메 소세키는 "I love you"라는 문장을 "달이 참 밝네요"라고 번역했다고 한다. 잘 지내냐는 말 대신 어떤 문장이 어울릴까. 그 문장은 마음 밖으로 나올 수 있을까.

안녕, 나

안녕,
함께하길 수십 년
끝까지 제대로 바라보지 못했구나

너에게 비난만 가득 안겨주고
흐린 눈으로만 마주했어

미안.
너를 닮기 싫다고 했던 건
나를 가장 닮아있기 때문이었어

그곳은 어떠니
왼손잡이로는 살만하니
반대편 가르마도 잘 어울리니
살은 좀 쪘으려나

너를 향한 비난은 부러웠기 때문일 거야
닮기엔 우린 모든 게 반대였기 때문일 거야

가장 찬란했던 시절을 보내며
제대로 인사 한번 못했네

거기는 안녕하길
안녕, 나

거울 속에 항상 그가 있다. 안쓰럽게 쳐다보는 눈빛이 싫었다. 바라볼 때마다 "여전하구나"라고 이야기하는 그가 미웠다. 그의 눈빛은 시들어가는 꽃을 바라보는 것 같았다. 그의 목소리는 한껏 비꼬아진 것 같았다. 그를 볼 때면 속절없이 꼬여버리는 느낌이었다. 덕분에 거울을 잘 보지 않는 습관이 생겼다. 옷을 잘 사지 않게 됐다. 옷장은 검정으로 채워지기 시작했다. 그게 나를 가장 잘 표현하는 거라고 스스로 속이려 했다. 들통날 게 뻔한 거짓은 나를 더 비참하게 만들 뿐이었다. 다행이라고 해야 할까, 지금껏 나를 미워해도 되는 세상에 살았다. 사랑할 것들이 남아있다고 여겼기 때문에.
하지만 이제 사랑이 떠돌고 있다. 사랑은 반드시 어디로든, 어떤 식으로든 움직여야 한다. 길을 잃은 사랑은 빠른 속도로 마음을 갉아먹는다. 내 마음은 그렇게 줄어들고 있다.
찬란했던 시절은 지났다. 온 마음을 다해도 절반의 사랑만 줄 수 있을 뿐이다. 내가 안쓰러워질수록 그의 얼굴도 어두워진다. 짧은 인생에서 그를 사랑하게 될 일이 없을지도 모르겠다. 하지만 오늘은 그에게 인사를 건네본다. 한껏 내려보는 눈과 비꼬는 말투는 여전하다. 그렇지만 뭐든 인사부터 시작하는 게 아닐까. 그다음엔 이름을 묻고 이후엔 흐름에 마음을 맡긴다. 할 수 있는 일은 여기까지.
물이 흘러 흘러 바다에 잘 도착하기를 바랄 뿐이다.

거짓과 죄의식

평생을 거짓과 죄의식 속에 살았다. 태초의 기억은 거짓에 속은 일이다. 그때를 선명히 기억한다. 이후 거짓은 내 아킬레스건이 되었다. 스스로를 옥죄기 시작했고 다가오는 인간들을 밀어내는 도구였다. 다음 기억이라 하면 초등학생 시절. 도난 사고가 일어나 범인은 자수하라는 선생님. 나는 손을 들고 싶었다. 어쩌면 손을 들어야만 했다. 이유는 알지 못한다. 그저 내가 범인이어야 했고 죄의식을 느껴야만 했다. 아직도 거짓과 죄의식은 나를 괴롭힌다. 거짓은 그래, 태초의 기억 때문이라고 하자. 죄의식은 어떤 이유에서 생겼단 말인가. 어쩌면 거짓과 같은 맥락일까. 나를 포함한 누구도 믿지 못하게 되어버린 것일까. 내 세상은 가짜인가. 피천득의 이야기처럼 80년을 살아도 단명한 인생일까. 세상에는 당신이 평생 알지 못할 감정들이 있다. 그렇기에 역지사지는 허상일지 모른다. 당신 처지가 되어보지 않은 나는 당신을 이해하지 못한다. 당신이 가진 흔한 이름의 감정에 공감하지 못한다. 그럴 수 있다고 믿던 시절이 있었다. 마음 깊이 당신에게 공감하고 있었고 당신의 감정을 조금이나마 느낄 수 있다고 여겼다. 하지만 우린 그저 같은 단어를 사용할 뿐 실제 의미는 천차만별. 왜 나는 거짓과 죄의식 속에 살아야만 하며 앞으로도 두려워해야 하는가. 왜 내가 하지도 않은 잘못에 자수해야 하며 왜, 왜, 왜 거짓에 민감해 작은 거짓을 잘 알아채야 하는가. 어째서 작은 거짓 하나에도 사람을 떠나보내야 하는가. 나는 모르겠다. 당최 모르겠다.

---

ps. 다행히 요즘은 거짓과 죄의식에서 벗어나 사는 듯하다.

이 지겨운 반복은 위선인가

서글픈 와중에 웃고
되새기며 슬퍼하고

이 지겨운 반복은 위선인가

감정에도 건기와 우기가 있으면 안 될까

한때는 슬피 울고
한때는 한없이 웃고

아, 이것도 지겨운 반복인가

서글픈 와중에 웃는 스스로가 위선적이라는 생각이 들었다. 울다가
웃고 그런 제 모습에 슬퍼하고, 지겨운 반복. 뭐, 결국 감정은 돌고
돈다. 어느 것 하나 따로 있는 법 없다. 결국 지겨운 건 그런 나 자체
일지도 모르겠다.

보름달

오늘, 유독 잠이 오지 않는 밤이야
요즘, 유독 달이 밝더라

달과 관련된 추억이 없는 우리인데
왜 달이 밝은 날이면 네가 떠오를까

잠에 들지 못하던 괴로운 밤들은
너를 알기 전인데
왜 잠에 들지 못하는 날이면 네가 떠오를까

오늘, 네가 유독 생각나는 밤이야
요즘, 왠지 유독 그립더라

————

누군가 말했다. 기억과 추억의 차이는 함께 꺼내 먹을 수 있는지 없는지의 차이라고. 그럴듯하다고 생각했다. 적어도 그때까진 추억을 함께한 사람과 추억을 꺼내 먹을 수 있었으니까.

오늘, 기억이 추억이 되는 경험을 했다. 무슨 말인가 싶겠지만 말 그대로 기억이 추억이 됐다. 그것도 아주 케케묵은 기억이 전혀 관련 없는 사람과 만나 추억으로 변했다. 어쩌면 기억과 추억의 차이는 이런 게 아닐까. 시간이 적혀있다면 기억. 언제든 시간을 고쳐 적을 수 있다면 추억.

그때의 기억을 오늘 추억한다. 아프고 슬픈 기억이 오늘에서야 추억이 됐다. 역시 세상은 참 오묘하다. 누군가 인생은 멈춤 버튼이 없는 영화라 했다. 난 오늘 잠시 멈췄고 한 장면을 편집했다. 가끔, 예외가 있는 법인가 보다.

나답게 살지 못하면

나답게 살지 못하면
나를 한 조각씩 잃어간다

애써 매일 잡고 있던 사람아
안녕,

나를 지켜주던 존재의 의미들
안녕,

당신들이 가져다준 열정의 조각들
안녕.

자, 그래 나와의 첫 대면
안녕, 참 보잘것없구나

―――――――

나답게 살지 못하도록 만드는 공간이 있다. 공간에 담긴 힘이 너무
강해 헤어 나오지 못한다. 억울하다. 소중한 장소인데 거기서 보낸
시간만큼 엉켜버렸다.

그 장소에서의 며칠. 빠르게 나의 조각들을 잃어가는 느낌이 들었다.
두려웠다. 이대로 한 조각 한 조각, 결국 마지막 조각까지 사라져버
릴까 봐. 어떤 안락함으로도 덮을 수 없었다. 애써 소중한 존재들을

떠올리며 버텨보려 했지만 희미해져 갔다. 스스로를 잃어버리자 나를 지켜주던 존재들조차 힘을 쓰지 못했다. 차가움이라곤 상상할 수도 없던 열정은 식어버렸다. 새끼손가락도 움직일 수 없을 만큼 차갑게 식어버렸다.

나를 감싸던 모든 존재가 사라지고 남은 자그만 나의 조각들을 바라본다. 참 보잘것없다. 세상 사람들은 원래 다 이런 걸까. 나 하나로는 보잘것없는 것일까?

초면에 이별이었지만

짓눌린 너의 얼굴을 기억한다
차갑고 뻣뻣하던 너의 몸도 잊지 않았다

얼마 전까지 따뜻하고 부드러웠을 몸
분명 귀여웠을 얼굴

이미 식어버린 너이지만 더 이상 짓눌리지 않기를 바랐다
지나가던 아무개가 징그럽다며 손가락질하지 않기를 원했다
내가 그 아무개가 되는 일만은 피하고 싶었다

나 역시 고양이가 되기에는 부족한 인간이라
처음 만져보는 영혼 없는 몸뚱이인지라
손이 떨렸지만 조심스레 너를 숨겼다

나, 아직 그대들을 이해하지 못하지만
그대들은 차가워지기 전에 모습을 감춘다고 들었다
늦었지만 너 또한 그러기를 바랐다

초면에 이별이었지만, 거기는 안녕하길

────────────

예전에 길을 걷다 죽은 고양이를 발견했다. 얼굴이 차에 짓눌린 듯했
다. 동물의 사체를 가까이서 본 것은 처음이라 무서웠지만 자리를 떠

날 수 없었다. 저대로 두면 몇 번이고 더 짓눌릴 테니까. 또, 사람들이 지나가다 징그럽다고 손가락질할 것 같았다. 두려움보다 그러지 않기를 바라는 마음이 더 컸다.

다만, 해줄 수 있는 일이 많이 없었다. 시청에 이야기하면 처리해 준다는 것은 알고 있었지만, 일반 쓰레기봉투에 담아 간다고 들었다. 당연히 동물 사체를 하나하나 묻어줄 수도 없고 화장시킬 수도 없는 노릇이지만 휴지 쪼가리와 함께 섞이게 두고 싶지 않았다. 그저 사람들 눈에 띄지 않는 곳에 조심스레 옮겨주는 수밖에 없었다.

발발 떨리는 손으로 뻣뻣한 몸을 들어 올렸다. 당연하지만, 어떤 저항도 없었다. 자리를 옮겨주고 나뭇잎으로 덮어줬다. 딱히 믿고 있는 종교는 없지만 나름의 기도도 해봤다. 그렇다고 마음이 편하지는 않았다. 내가 무슨 짓을 한들 고양이가 다시 살아날 리는 없으니까. 그저 다시 짓눌리지 않을 테니 그 걱정은 사라졌다. 손가락질당할 일도 없을 테고.

이미 떠나버린 존재에게 우리가 해줄 수 있는 일은 거의 없다. 할 수 있는 일을 했다면 그걸로 됐다. 적당한 무력감과 죄책감을 선물로 받았다. 손가락질하는 아무개가 되지 않았음에 조금은 안심했는지도 모르겠다.

이렇게 비워지는 거야

종종 노래에는 감정이 담긴다
책을 읽으며 들었던 노래는 유독 그랬다
다시 들을 때면 그때의 감정이 향을 낸다

목숨을 건 선택의 기로에 놓였던 주인공의 감정
거짓 감정에 한없이 흔들리던 가녀린 주인공의 기분
죽음을 담보로 도박을 했던 그녀

언제까지나 그때의 노래는 같은 향을 낼 거라 여겼다
강산도 바뀔 시간이 지나고 우연히 다시 듣게 된 노래에는
감정이 없더라
향이 없더라

아, 이렇게 비워지는구나
그래, 이렇게 비워지는 거야

하루 몇 시간씩 노래를 들으며 책을 읽던 시절이 있었다. 내 감정보다 주인공의 감정에 더 빠져 살았던 그때. 당시의 노래를 듣고 있자면 그 감정의 향이 느껴져서 좋았다. 괜히 다시 어려진 것 같았고 상처 없던 때로 돌아간 기분이었다.

꽤 오랜 시간이 지난 오늘, 문득 그때의 노래를 듣게 됐다. 신기하리만큼 아무 감정도 느껴지지 않았다. 영원한 건 없겠지만 이렇게 툭하

고 사라져버릴 줄 몰랐다. 잔향조차 남지 않았다. 원래 이렇게 사라지기도 하는 걸까. 기억은 감정의 잔향조차 남기지 않는 걸까.

어쩌면 지금껏 느낀 것은 기억의 잔향일지도 모르겠다. 아쉽지만 덕분에 그 시절로 잠시 도망갈 수 있었다. 시간은 기억에 빈틈을 만들어준다. 또 이렇게 비워준다. 케케묵은 기억이 갑자기 추억이 됐던 것도 시간이 만들어준 틈에 새로운 기억이 들어갔기 때문이 아닐까. 그래, 이렇게 더 비워지길.

늪

요즘 종종 네 생각을 깜빡하곤 해
늪에서 발버둥 치다 보면
하루가 다 지나 있더라

감정도 함께 가라앉고 있어
일희일비하는 스스로가 싫다던 너와 점점 멀어지네

우린 같은 색이라고 믿지만
매일 바뀌는 채도가 영 맞는 일이 없네

이번엔 내가 열심히 선명해져 볼게
우리, 다시 같은 채도에서 만날 수 있길 바라

2년 가까이 하루도 빼먹지 않던 생각을 깜빡하기 시작한 요즘이다.
아주 지독한 늪에 빠져있다. 감각은 예고도 없이 사라지기 시작했다.
한참을 찔린 뒤에야 아파서 돌아볼 만큼 무뎌져 있었다. 이 정도면
깜빡한 핑계라도 되려나.
이불은 점점 무거워져 내 무게의 곱절은 된 것 같다. 내 채도는 점점
낮아져 그와 멀어진다. 채도 하나만으로 다른 색이 되기도 한다. 결
국은 검정에 귀결되어 버리는 건 아닐까. 검정이 되고 싶지는 않다.
적어도 검정에서 만나고 싶지는 않다.
두려움에 다시 힘을 내본다. 이불을 겨우 뒤집고 일어나 산책이라도

나가본다. 딱히 달라지는 건 없다. 뭐, 그래도 누워있는 것보단 서 있는 게 더 늦게 가라앉지 않겠나. 지푸라기를 잡을 확률이 조금이라도 올라가지 않으려나. 작은 희망을 품어본다.

본래 눈물은 눈에서 흐르는 것이라

본래 목소리로 먼저 알게 된 당신이라
생전 당신의 모습을 몰랐던 나인지라
당신은 그저 따뜻한 줄만 알았어요

하지만 본래 눈물은 눈에서 흐르는 것이라
당신 모습을 보고 있자니 눈물샘이 차갑게 요동치네요

애써 참아보려 했지만
실패하고 말았어요

본래 눈물은 눈에서 흐르는 것이라
아직 당신을 제대로 쳐다보지 못해요

눈물샘의 바닥이 보일 때 다시 바라볼게요

우연히 재생목록에 떠 있는 보이는 라디오. 나를 채우던 목소리에 익숙해졌던 참이었다. 당신이 어떤 표정으로 말하는지 보고 싶었고, 말할 때의 습관이 궁금했다. 너무나도 익숙한 목소리이기에 괜찮을 줄 알았다. 그런데 화면을 보자마자 눈물이 흘렀다. 당황스러워 참아보려 했는데 도저히 멈출 수 없었다. 화면을 끄고 목소리만 듣자 진정이 됐다.

슬픔을 감추려 본래 눈물은 눈에서 흐르는 것이라 그랬다고 농담을 던져본다. 아직 얼굴을 보기에는 당신은 너무 큰 존재인가 보다. 눈물 대신 사랑을 주고 싶은데 사랑하면 눈물이 나오나 보다.

오늘도 역시

면세점에서 네가 좋아한다던 향수를 봤어
또 추억을 꺼내먹었지 뭐야

향수를 살 걸 그랬어

그리움만으로 부족하다 싶을 때
향이라도 맡을걸

야속한 시간이 기억의 향기를 훔쳐 가기 전에
그 향에 추억을 담아둘 걸 그랬어

오늘도 역시나
네 생각이 났어

역시나

여행을 다녀왔다. 딱히 여행이 취미는 아니다. 혼자 가는 여행은 특
히나 즐거움을 위해 가는 법이 없다. 낯선 곳에 가면 마음이 좀 괜찮
아질까 싶어서 도망친다. 하지만 낯선 곳에는 낯선 감정이 즐비하다.
마냥 즐거울 리 없다. 바다를 보며 생각이 사라질 리 없다. 침대, 베
개, 공기까지 모두 낯설다. 자연스레 그리움이 커진다.
공항에 꽤 일찍 도착하는 바람에 면세점에 들렀다. 우연히 향수 코너

에서 그가 좋아한다던 향수를 발견했다. 추억이 있다기엔 맡아본 적 없는 향이다. 그저 대화 중에 좋아하는 향수 이야기가 스쳐갔을 뿐. 시간은 기억의 틈 사이에서 향을 훔쳐 간다. 향이 사라진 기억은 씁쓸하다. 적어도 이번에는 잃어버리고 싶지 않았다. 시간이 훔쳐 가기 전에 향수에 추억을 담아본다. 가끔 기억의 향이 희미해진다 싶을 때, 향수를 뿌려본다. 향이 내 취향인지 아닌지는 상관없다. 향에서 추억만 꺼내 먹는다. 그거면 충분하다.

반송(返送)

부칠 수 없는 편지
마음에 대충 접어 넣어둔다

다른 마음을 꺼낼 때
차라리 같이 흘러나와
자연스레 잃어버리길 바라며
대충,
대충,
정말 대충,
저기 어디에 넣어둔다

드디어 잃어버렸나
편지 내용도 잊혀진다

차라리 다행이다
그래, 차라리 다행이야

다행인 거겠지
스스로 위로하던 찰나
우체통에 놓인 편지 하나

반송(返送)

부지런도 하다 내 마음의 우체부
우표를 붙이지 못한 편지는
가엽게도 돌고 돌아 내게로

미안하다
하지만 어쩌겠니
다시 대충,
이번에는 더 열심히 대충
대충 접어 마음에 넣어둔다

차라리 주머니 속에서 구겨진 영수증 신세가 되거라
지겨운 감정들이 사라져버렸을 때
구깃구깃한 얼굴로 툭 하고 떨어져라

보내지 않아도 되는 그날까지
조금만 어둠을 견뎌주거라

편지를 썼다. 날 것의 감정들이 가득한 편지. 보낼 수 있을 리 없다.
안타깝게도 이게 내가 감정들을 대하는 방식. 보내지 않아도 될 때까
지 어둠 속에 넣어둔다. 그때가 오면 다시 꺼내 먹는다. 결국 돌고 돌
아 내게로. 미안하다.

나를 나로

나를 나로 채우는 건 꽤나 무서운 일이야
어쩌면 모든 걸 잃어버릴지도 모르거든

하지만, 네가 될 수 없다는 사실을 깨달았어
이제 내가 나로 채워지기 시작했어

다만 너보다 한참은 가벼운 나라서
무게가 잘 느껴지지 않는달까
채워져도 비어있는 느낌이라고 해야 할까

너로 가득한 너는 어땠니

———————

내 모든 걸 잃어버렸을 때, 나로만 채워져 있던 시절. 그때 큰 영향을 준 사람들이 있다. 그들로 나를 채우기 시작했다. 그들의 이야기를 내 것으로 만들기 위해 수천 번 곱씹었고 내 사고방식은 '그들이라면 어땠을까'로 바뀌기 시작했다. 닮고 싶었다. '존 말코비치 되기'라는 영화에서처럼 그들 머리에 들어가 그 인생을 살 수 있다면 좋겠다 싶었다.

하지만 현실을 깨닫는 데에는 오랜 시간이 필요하지 않았다. 난 그들을 따라갈 수조차 없다는 것을 알게 되었다. 정확히는 이미 알고 있었지만 납득하기 시작했다. 알고 있는 것과 받아들이는 건 다르니까. 그리고 내가 나로 채워지기 시작했다. 채워도 채워도 공허함이 느껴졌다. 아마 그들과 나는 밀도 자체가 다른 사람이었나 보다. 아무리 채워도 그들의 목소리처럼 무겁지 않았다. 나로 가득한 나는 가볍기 그지없었다. 툭하면 부서져 버릴 것 같았다. 나로만 가득하기에 나를 잃어버리는 순간 모든 것을 잃어버리게 될 것만 같았다. 두려웠다. 그리고 여전히 두려움 속에 살고 있다.

지금 나의 절반은 나로 채워져 있다. 나머지는 닮고 싶은 그들과 빈 공간이 차지하고 있다. 아직도 가볍고 여전히 약하다. 다만, 그들과 닮지 못했다고 불평하지 않는다. 두려움이 주는 적당한 긴장감을 느끼며 살아가고 있다.

아마도, 그들조차 닮고 싶은 누군가가 있었을 테니까. 비슷한 공허함과 좌절감을 느꼈을 테니까.

걱정한다고 달라지는건 없어

걱정한다고 달라지는 건 없겠지
하지만 항상 널 걱정해

내가 너를 걱정한다는 건
아마 너는 조금 다른 존재라는 뜻이겠지

동시에 항상 널 믿어
믿음과 걱정이 공존할 수 있는 걸까

그렇다면,
아마 너는 조금 다른 존재라는 의미겠지

온 마음을 다해 믿는 사람이 있다. 동시에 항상 걱정되는 사람. 걱정한다고 물리적으로 달라지는 것은 없을지도 모른다. 모르는 게 아니라 달라지는 건 없다.
하지만 걱정이 될 만큼 마음을 쓰기 시작하면 내 안에서 무언가 달라지기 시작한다. 사람들은 그런 감정에 사랑이라는 이름을 붙인 걸까. 사랑을 매번 다르게 정의해서 미안합니다 :)

빌어먹을 엔트로피

희망도 자유도 없는 곳에서 나는 침묵 해야만 했다. 감정을 죽이지 않으면 마음이 대신 죽어버릴 것이 분명했다. 안타깝게도 놓지 못한 일련의 감정 때문에 마음 일부가 죽어버렸다. 세상에는 억울한 법칙이 있다. 죽은 것은 다시 살아나지 못한다는 법칙. 엔트로피의 법칙이라나 뭐라나. 어쨌든 죽어버린 마음은 살아남은 나머지에 묻었다. 죽음은 그렇게 기리는 것이란다. 마음에 묻을 수밖에 없단다. 마음에 묻힌 마음은 종종 그늘을 벗어나 내 시야에 들어온다. 어떤 감정도 담기지 않은 싸늘한 사체는 내겐 그저 슬픔이고 아픔이다. 죽음의 찬기가 남아있는 장소로 돌아갈 때면 나머지 마음도 사라진다. 나는 그저 껍데기, 죽음이 두려워 꼭꼭 숨는다. 동시에 숨 쉴 틈이 필요해 아무도 보지 못하는 곳에서 살짝 머리를 내민다. 그조차 잠시일 뿐, 마치 돌아오지 않을 것처럼 마음은 자취를 감춘다. 이내 그곳을 빠져나오면 마음은 한참을 소리친다. 제대로 알아듣지도 못할 절규. 다채로운 색들도 결국 모이고 모여 검정으로 귀결되듯 슬픔과 아픔으로 들릴 뿐이다.

마음이 애리다. 빌어먹을 엔트로피

아날로그적 그리움

마음이 아프다면
지금을 기억하라

혹여 망각하게 되더라도
네 마음의 여린 살
여러 번 아플 테니

매번 잊혀져도
매번 기억하라
지금, 마음이 가장 강렬히 살아있을 때이니

고통이 줄어도 오해 말아라
드디어 단단해졌나 싶을 때
더 큰 아픔이 찾아올 테니

걱정은 말아라
평생 고통을 느끼지 못하는 시체가 되지는 않을 테니
나 마음은
당신 곁을 떠나지 않을 터이니

오랜만에 마음이 시렸다. 눈물이 차올랐다. 하지만 흐르지 않길 바랐
다. 단단해지기 위해 떠나는 그대 배웅하며 웃어주고 싶었을지도, 혼

자가 아니면 울지 못하는 천성 때문일 수도, 그대 덕에 눈물샘에 아직 공간이 남아있기 때문일지도 모르겠다. 결국 꾹꾹 참아냈다. 그대와 떨어진 보름 동안 더 참아야 할 터이니.

우리는 아날로그 시대로 돌아가 보름을 보냈다. 어쩌면 그 이전의 시대일지도 모르겠다. 비둘기 다리에 편지를 묶어 보내지 않는 이상 그대에게 닿을 방법이 없었다.

매일 과연결 상태에 놓인 우리는 단절이 두렵다. 알람이 없다면 편안히 잠을 이루지 못하고, 엄지는 기묘하게 발달했다. 언제든지 소통을 할 수 있다는 착각 속에 살고 있다.

아날로그적 그리움을 잊어버린 것이다. 그리움조차 디지털인 것이다. 본래 의미의 그리움을 느낄 수 없게 되어버린 것이다.

아날로그적 아픔을 겪기 전까지 마음이 단단해졌나, 아니면 죽어버렸나 싶었다. 다행히 눈물 흐르도록 시린 걸 보니 아직 살아 있는 게 분명하다. 이 고통을 기억해야 한다. 시간 속에 잊혀져도 괜찮다. 나의 여린 살은 분명 다시 아플 테니. 마음이 죽어버리지만 않는다면 기회가 있을 터이니.

다시 아플 수 있음에 감사를.

반갑네요

오랜만에 떠올린 당신네들
반갑네요

누구보다 익숙했던 당신 목소리를
어느새 그리움이 꽤 섞여 있네요

당신 눈으로 세상을 보는 게 좋았는데
어느새 내 우주를 보고 있네요

멀어진 덕분에 오히려 그리워진 당신네들,
반갑네요

누구보다 익숙한 목소리를 잠시 잊고 지냈다. 오랜만에 재생 버튼을 눌러본다. 익숙했던 목소리는 그리움으로 가득 차 있었다.

눈을 떠보니 내 눈으로 세상을 보고 있었다. 이제껏 그들의 눈을 빌려 세상을 보았다. 내 생각보다 그들이라면 어땠을지가 중요했었다. 매일 그런 질문 속에 살았고 행동도 질문을 따랐다. 일상은 점점 그들로 채워졌었고 꽤 만족스러웠다.

하지만 우리는 결국 본래 모습으로 돌아가야 하는 법. 잠깐의 즐거웠던 도피 생활을 끝내고 나로 살기 시작했다. 내 눈으로 세상을 보는 데에 적응하기 시작했고 익숙한 일이 됐다.

익숙함이 멀어지면 그리움이 된다. 익숙함에 속아 소중함을 잃어버린다고들 하는데, 동의할 수 없다. 익숙함은 소중한 감정이다. 가까이 있다면 편안함과 충만함을, 멀어진다면 그리움을 선물한다. 어쩌면 아무개들이 소중함을 잃어버리게 한 것은 허상일지도 모른다. 그저 그들이 스스로 소중함을 잊고 지냈던 게 아닐까.

어쨌든, 나로 살고 있는 요즘. 유독 당신 눈으로 세상을 볼 때가 그리운 요즘이다.

우린 매일 서로에게 편지를 쓴다

당연하게 주고받던 대화들
쉽게 전송되던 짧은 문장들
며칠을 고이 담아두니 편지가 된다

그저 글의 형태로 모이지 않았을 뿐
우린 매일 서로에게 편지를 쓴다

추억 속에 흩어진 낱말에서 너를 찾는다
그리움이 차오른다
이내 마음이 무거워진다

반쪽짜리 마음이
사라져버린 절반을 합쳐도 부족할 정도로 무거워진다

너와 함께했던 침묵조차 문장이 된다
공백으로 가득한 편지가 도착했다

그리움 속에 공백으로 가득한 답장을 보낸다

당연하게 존재하던 것들이 그리워지는 순간이 있다. 익숙하고 당연
하기에 소중하고 그만큼 그립다.
당신과의 모든 연결이 끊기자 깨달았다. 우리는 매일 서로에게 편지

를 쓰고 있었다. 그리고 무연결 상태의 지금조차 우리는 매일 서로에게 편지를 쓴다. 추억 속에 흩어진 낱말에서 서로를 찾는다. 편지를 침묵으로 채운다. 공백으로 가득한 편지가 쓰인다. 그리움의 숨결이 가득 담긴 공백. 서로 편지를 쓰고 있다는 사실 하나면 충분하다. 그게 바로 희소식일 테니까.

무소식이 희소식이라

무소식이 희소식이라
누가 이 말을 만들었나 하고 보니
누구보다 그대 소식을 기다리는 당신

금세 사라지는 담배 연기
남는 것은 형체 없는 중독
연신 뿜어대는 흰 구름
저 하늘 구름이 되지 못하면 어떠하리

핑계 삼아 작은 한숨 한 번
그거면 됐다

나,
그쪽의 녹아내리는 꽃 모양 구름에게
이파리 하나라도 만들어주지 않았을까
하다못해 점 하나라도 찍지 않았을까

무소식이 희소식이라
아니라는 한마디보단 침묵이 나으리라

하지만 침묵은 비어있어
내 눈물 한 방울도 훔쳐내지 못하니
바다가 되는 일은 결코 없으리

무소식이 희소식이라지만, 소식 없이 기다리는 일은 힘들다. 부정의
말보다는 침묵이 낫겠지만 침묵은 비어있다. 내 눈물을 훔치는 일이
없다. 바다가 될 리는 만무하고 구름에 점 하나 찍을 수조차 없다.
나, 그대에게 점 하나라도 찍었을 거라 믿으며 버티고 있지만 사소한
소식이라도 들려주면 좋겠다. 네 이야기는 바라지 않을 테니 내 안부
라도 물으면 좋겠다. 무소식이 희소식이라는 말은 핑계일 뿐 누구보
다 그대 소식을 기다리고 있으니. 내 눈물샘이 차오르길 기다리고 있
으니.

부디 침묵에 슬퍼 말아요

그대여 침묵에 슬퍼 말아요
나 그저 고요함을 사랑할 뿐이니

혹여 침묵 속에서 내 마음 어두워질까 걱정 말아요
어둠 속에서 이 마음 더 잘 느껴지니

그대의 걱정은 내게도 쓰라림
나의 침묵은 그대에게 웅덩이를 만들었을까

나 그대의 침묵에 여린 마음이 찔려 피가 흐르지만
이조차 살아있다는 증거
슬퍼하지 않아요

움푹 파인 그대의 웅덩이
피 한 방울 섞이지 않은 눈물샘이 되길 바라요
부디 침묵을 오해 말아요

가끔은 내 침묵에 죄책감이 들 때가 있다. 물론 나도 알고 있다. 침
묵, 무소식은 상처가 될 수 있다는 것을. 하지만 침묵해야만 할 때가
있다. 그리고 상대의 침묵을 바랄 때가 있다. 어떤 소통도 없이 서로
소통을 하는 느낌은 썩 나쁘지 않다. 일종의 망상이려나.
어쨌든 바보같이 침묵을 지키고 있는 지금이지만, 욕심을 내본다. 부

디 슬퍼하지 않기를. 혹여 내 마음 오해하지 않기를. 나는 사람이 조금 소심하고 바보 같아서 침묵 때문에 인연을 놓칠 때가 많았다. 이유는 귀찮음 때문일 수도, 소심해서, 그저 침묵이 좋아서일 수도 있다. 나도 모르겠다. 매번 변화의 노력 없이 욕심만 부린다. 어떤 마음도 말을 하지 않으면 전달되지 않는 것을 알면서도 매번 마음으로만 목소리를 낸다. 그리고 후회한다. 이 또한 지겨운 반복. 그래도 부디 이번에는 내 침묵을 오해하지 않기를 바랄 뿐이다.

안녕, 냐옹씨

나 냐옹씨를 그리워 말아라
분명 다시 만날 테니

더러워진 몸을 보고 잔소리 말아라
푸석해진 털
예전만큼 핥고 싶지 않을 뿐이니

남은 사료를 보고 고개를 기울이지 말거라
두 끼 사료로 세끼를 먹을 수 있어 좋으니

그대와 앉아있는 시간이 짧아져도 슬퍼 말아라
혼자 있을 시간이 필요했을 뿐이니
오래도록 신세진 보도블럭과 인사를 나누고 싶었을 뿐이니

소인이 보이지 않아도 걱정하지 말거라
백세 노인도 가출하는 세상에
나 또한 잠시 다녀오는 것뿐이니

가끔은 나 냐옹씨를 그리워해라

알록달록 삼색의 털도
분홍색 발바닥도
한없이 맑은 내 눈의 초록도

그대 무릎에 올라가 줬던 일도

가끔은 그리워하거라
나도 가끔은 그리할 터이니

반쪽밖에 남지 않았다는 그대 마음
작은 존재인 내겐 충분히 컸으니 걱정 말거라

마지막으로 내 엉덩이 두드려주던 그대 손길
내 잊지 않으리

사랑하던 길고양이가 사라졌다. 가출이라 굳게 믿고 있지만 며칠 전
쓰다듬으면서 마지막일지도 모르겠다는 생각이 스쳐 갔다. 털이 아
주 조금 푸석해졌지만 기우라고 생각했다. 내 손이 조금 거칠어진 거
라 여겼다.

이별은 왜 이런 식으로 찾아오는 걸까. 차가워진 몸이라도 괜찮으니
한번 안아보고 싶었는데 나는 길에서 살지 못하는 나약한 인간인지
라 마지막을 함께하지 못했다. 잠시 거처를 옮겼겠지 싶어 매일 동네
를 맴돌았는데 아무 흔적도 없었다.

처음으로 내 부름에 다가오던 날, 꽃향기를 맡고 있던 아름다운 모
습, 무릎에 앉아주었던 추억이 아른거린다. 눈물도 추억을 따라 일렁
인다. 작은 냐옹씨는 내 눈물샘을 채우기에 충분했나 보다.

아직 완전한 이별을 하지 못했다. 더위에 지쳐 시원한 곳을 찾아간 건 아닐까. 짝을 만나 거처를 옮긴 건 아닐까. 여행을 갔으려나. 이런 식의 이별은 전혀 반갑지 않다. 더 가슴 아파도 괜찮으니 이별을 마주하고 싶었다. 좋아하던 꽃 한 송이라도 같이 묻어주고 싶었다.

결국 내가 할 수 있는 일은 마음에 묻는 것뿐이었다. 얼마 전 아버지가 말했다. "사랑하는 사람이 죽으면 마음에 묻는 것뿐이 할 수 있는 게 없어". 우연이었을까.

반절짜리 마음에 고이 묻었다. 집으로 돌아가는 기차에서 눈물도 한 움큼 뿌려주었다. 이름 모를 꽃이라도 좋으니 가득 피어 함께하길. 무지개다리 저 너머에는 츄르강이라도 흘러 츄르가 지겨워지길. 단 한 번이라도 좋으니 나를 그리워하길.

ps. 냐옹씨가 돌아왔다는 소식을 들었다. 사진을 보니 살이 많이 빠져 반쪽이 되어있었다. 다음에 만나면 꼭 안아줘야겠다. 냐옹씨 잘 지내고 있어 줘요.

오늘도 그리움을 꺼내 먹는다

발 행 | 2022년 08월 31일
저 자 | 무너지
펴낸이 | 한건희
펴낸곳 | 주식회사 부크크
출판사등록 | 2014.07.15(제2014-16호)
주 소 | 서울특별시 금천구 가산디지털1로 119 SK트윈타워 A동 305호
전 화 | 1670-8316
이메일 | info@bookk.co.kr

ISBN | 979-11-372-9363-2

www.bookk.co.kr